Unter Zucker

ACHIM SCHNITZ
UNTER ZUCKER

Novelle

BoD
Norderstedt

Bibliografische Information der Deutschen Nationalbibliothek

Die Deutsche Nationalbibliothek verzeichnet diese Publikation
in der Deutschen Nationalbibliografie; detaillierte bibliografische Daten sind im Internet über dnb.dnb.de abrufbar.

© Text und Bilder: Achim Schnitz, 2022
Umschlagfoto: Ilona Frey/Unsplash

Herstellung und Verlag: BoD – Books on Demand, Norderstedt.
Dieser Titel ist auch als E-Book erschienen.

ISBN: 9–783755–759348

Unter Zucker

I

Die Schwester drängte sich ungeduldig an mir vorbei. Sie musste uns beiden den Weg durch die Menschen bahnen, die wir hinter der Tür versammelt fanden, als ich nach zögerlichem Klopfen das Zimmer 206 betreten wollte. Der Patient in dem Bett, das der Tür am nächsten stand, war umringt von einer Menschentraube und er hatte nicht nur an diesem Tag so zahlreichen Besuch, wie ich noch erleben sollte.

Es war früher Nachmittag und im Unterschied zu den früheren Zeiten, in denen ich zuletzt in einem Krankenhaus gelegen hatte, hatten die Patienten inzwischen zu jeder Tageszeit die Geduld dafür aufzubringen, dass sich jemand aus dem Freundeskreis, der Verwandtschaft oder der Nachbarschaft nach ihrem Wohlbefinden erkundigt.

Mein Bett sollte das dritte in diesem kleinen Zimmer sein, das hinterste am Fenster, und so konnte ich im Vorbeigehen auch einen ersten Blick auf meinen zweiten Mitbewohner werfen. Er saß auf der Kante des mittleren Bettes, mit dem Rücken zur Tür, und blickte teilnahmslos an meinem noch unberührten Bett vorbei aus dem Fenster. Sein fülliger Körper, dem man ansah, dass er bis vor kurzem noch erheblich umfangreicher gewesen sein musste, steckte in bemerkenswert großer und doch viel zu eng sitzender Unterwäsche aus Feinripp. Als sie ihm angezogen wurde, war sie sicher blütenweiß. Jetzt aber befleckten Essensreste und Körperausscheidungen die Hose und auch das Hemd, aus welchem unten schlaff einige Falten des Bauches heraushingen. Die fleischigen nackten Beine, blutunterlaufen, mit Krampfadern überzogen und mit großen schwarzen Flecken unter der Haut, reichten nicht bis zum Boden, so dass die geschwollenen Füße in dicken grauen Socken neben dem unterhalb der Matratze am Bettgestell hängenden Urinbeutel in der Luft baumelten.

Der Mann hieß Bernhard Sattler. Er befand sich schon seit über sechs Monaten in der Klinik, weil seine Nieren ihre Arbeit eingestellt hatten. In Zimmer 206 fühlte er sich inzwischen fast wie zu Hause. Er sah seine Mitpatienten ein- und ausziehen, und alle auf der Station, vor allem jede Schwester und jeder Pfleger, kannten ihn längst bestens. Die Ärzte hatten mehrere Wochen gebraucht, um Herrn Sattler zu einer Dialysebehandlung zu überreden: Kommenden Montag sollte sie beginnen.

Im Bett an der Tür lag Jürgen Ramoni, umringt von Bekannten, die sich noch immer angeregt mit ihm und miteinander unterhielten. Durch die häufigen Besuche und die zahlreichen Telefongespräche, die er führte, war Herr Sattler (und wurde auch ich in den kommenden Tagen) gründlich über Herrn Ramonis Leben und seinen Gesundheitszustand informiert. Zum Zeitpunkt meines Einzugs hatte er schon mehrere Tage hier verbracht, stand kurz vor seinem siebzigsten Geburtstag und war damit von uns dreien der Älteste.

Herr Sattler war ebenfalls älter als ich und hatte sechs Wochen zuvor, am 14. November, hier im Krankenhaus, in diesem überheizten Zimmer mit seinen vom Winter beschlagenen Fensterscheiben, seinen sechzigsten Geburtstag gefeiert. Morgen sollten wir drei nun gemeinsam den Jahreswechsel erleben, doch zunächst war ich einfach nur müde, legte mich ohne ein weiteres Wort auf das mir von der Schwester zugewiesene Bett und schlief über dem Stimmengewirr der Besucher ein.

Zum Abendessen erwachte ich. Das war gegen siebzehn Uhr, zur Teestunde, wie man anderswo zu sagen pflegt, doch auf dem Gang der Station klapperte bereits das Geschirr für

11

die letzte Mahlzeit des Tages in den Essens-
wagen. In dickbauchigen weißen Kannen, die
drauf standen, wurde der Hagebuttentee kalt.
Herrn Ramonis Besuch hatte sich zwar verab-
schiedet, aber der alte Mann, klein, dünn und
drahtig, mit schütterem Haar, war trotzdem
nicht eine Minute allein. Unentwegt wurde er
angerufen, auf dem vom Krankenhaus frei-
geschalteten Telefon ebenso wie auf seinem
Handy. Und wenn beide Geräte längere Zeit
stumm blieben, rief er selbst die Auskunft
an und ließ sich mit Teilnehmern und vor-
wiegend mit Teilnehmerinnen in ganz Nord-
deutschland verbinden. Mit allen sprach er
kurz über seine aktuelle gesundheitliche Situ-
ation und dann über gute alte Zeiten.

Auf diese Weise erfuhr ich, dass Herr Ra-
moni zeitlebens und noch bis vor kurzem als
Alleinunterhalter durch das Land gereist war.
Seit den frühen siebziger Jahren hatter er mit
dem Synthesizer und einem Akkordeon auf
Hochzeiten, Betriebsfeiern und ähnlichen
Veranstaltungen aufgespielt. Wie er gern mit
Fotos belegte, war er zwischenzeitlich sogar in
Travestieshows als ›Madame Gigi‹ bewundert
worden: mit blonder Perücke in Form einer
Turmfrsiur, überlangen falschen Wimpern,

blutrotem Lippenstift, Pumps und golddurchwirkten Abendkleidern – *cherchez la femme*. Er war, so könnte man es formulieren, ein drittklassiger Prominenter mit besten Kontakten in die konservativen Karnevalsgesellschaften verschiedener Städte. Und aus diesen Zeiten kannte er vor allem viele Frauen: Ursula, Margot, Elke, Charlotte, Bärbel, Gustl, Brigitte oder Monika – sie alle riefen bei ihm an oder kamen persönlich vorbei.

Diejenigen, die ich zu sehen bekam, waren zwischen Ende fünfzig und Ende sechzig Jahre alt. Wenn in den Gesprächen rund um sein Bett bisweilen Schweigen eintrat, war zu spüren, wie die jeweils Anwesenden darüber nachdachten, dass Patienten- und Besucherrolle schon bei der nächsten Begegnung mit ›Madame Gigi‹ vertauscht sein konnten und dass jedes Treffen womöglich das letzte ist. Nach solchen stillen Pausen verabschiedeten sich die Gäste meist rasch, um diese trüben Gedanken im Trubel ihres Alltags wieder zu verdrängen.

Von den wenigen Männern, die ihn besuchten, hinterließen die älteren bei mir den Eindruck, als ob sie dem Elferrat eines Karnevalsvereins angehörten, und die jüngeren, als seien sie der Vorabendserie eines Fernsehsenders entstiegen. Mit den Besuchern tauschte Herr Ramoni Erinnerungen über glanzvolle Tourneen oder lokale Festveranstaltungen aus. Nicht nur ›Madame Gigi‹, sondern auch der Nachname ›Ramoni‹ mochten Künstlernamen sein. Die Krankenschwestern der Station hatten im Internet sogar Fotos von divenhaften Auftritten während einer Kreuzfahrt gefunden.

Ungeschminkt sah man Ramoni alias ›Madame Gigi‹ die ganze Verzweiflung darüber ins Gesicht geschrieben, dass seine glorreichen Jahrzehnte unwiederbringlich vorüber waren. Wer für Selbstzufriedenheit im Leben so sehr auf seine äußere Erscheinung setzt, muss sich darauf einlassen, seine Lebensinhalte ab einem gewissen Zeitpunkt woanders zu finden. Ansonsten lösen die Versuche, auch im hohen Alter noch attraktiv oder gar erotisch auszusehen, bei Unbeteiligten Unbehagen oder bestenfalls mitleidiges Fremdschämen aus.

Jürgen Ramoni war im letzten Sommer, an einem dieser heißen Tage im August, unmittelbar vor dem Auftritt auf einer Goldenen Hochzeitsfeier in seiner Heimatstadt, plötzlich zusammengebrochen und vom Notarzt in die Universitätsklinik eingewiesen worden. Da die meisten seiner Besucher und beinahe alle, die jetzt mit ihm telefonierten, von diesem Vorfall gar nichts wussten (offenbar war ihm damals daran gelegen gewesen, ihn herunterzuspielen oder ganz zu verschweigen), hörte ich ihn seine Krankengeschichte mindestens ein halbes Dutzend Mal erzählen: Wegen seines hohen Alters und aufgrund seines geschwächten Allgemeinzustands hatten ihm die Ärzte geraten, einen notwendigen Eingriff am Herzen zu verschieben, um das Risiko von Komplikationen zu senken, und entließen ihn nach wenigen Wochen wieder.

Bis heute war Herr Ramoni jedoch der Meinung, dass sich die ›Herren Mediziner‹ nur nicht getraut hätten, den neuartigen und nicht ganz risikofreien Eingriff vorzunehmen. Also begab er sich damals nach der Entlassung zu guten Freunden in die Nachbarstadt und ließ sich dort solange pflegen, bis alle Voruntersuchungen und Formalitäten abgeschlossen waren. Anschließend war er in der Klinik dort erfolgreich operiert worden.

Da er keinen Herzinfarkt erlitten hatte, legten ihm die Mediziner keinen Bypass, wie es sonst oft bei Herzoperationen geschieht, sondern implantierten unter dem Brustkorb ein kleines Gerät, das ständig den Herzschlag überwacht und elektrische Impulse abgibt, wenn dieser einmal aussetzt. Herr Ramoni meinte, es handele es sich um einen praktischen Begleiter, der eine sehr beruhigende Wirkung auf ihn habe, aber seine Gesprächspartner waren jedes Mal aufs Neue darüber entsetzt, dass der lebenslustige Alleinunterhalter, als den sie ihn alle seit vierzig Jahren kannten, nun für den Rest seines Lebens auf einen technischen Taktgeber angewiesen sein sollte. Davon, dass sein Leben unter ungünstigeren Umständen auch bereits zu Ende hätte sein können, wurde nicht viel gesprochen.

Nach dem Eingriff erholte sich Herr Ramoni bei dem mit ihm befreundeten Ehepaar. Die rüstigen Rentner verehrten den Künstler seit dessen glanzvollsten Tagen und in den folgenden Wochen führten die drei eine intensive Beziehung. Die beiden Fans hatten in dieser Zeit, obwohl nur wenig jünger als der am Herzen Operierte, viel Gelegenheit, sich um dessen Wohlergehen zu kümmern.

Nun sehnte sich Herr Ramoni danach, zu ihnen zurückzukehren, wenn er nur endlich auch dieses Krankenhaus hier verlassen dürfte. Er lag seit mehreren Tagen auf der Station, ohne dass auch nur die Fäden nach dem Eingriff am Herzen in der Nachbarstadt gezogen worden waren. Der Patient drängte daher auf eine rasche Entlassung, wollte zur Nachsorge seiner Operationsnarbe den Hausarzt aufsuchen, hatte Bankgeschäfte zu erledigen, die ihm niemand abnehmen konnte, und hatte außerdem das dringende Bedürfnis, seine Geburtstagsfeier vorzubereiten. Schnell stellte sich nach der Einlieferung hier nämlich heraus, dass für seinen erneuten Zusammenbruch gar nicht die Herzerkrankung, sondern lediglich sein durch einen grippalen Infekt geschwächter Allgemeinzustand verantwortlich war. Erschwerend kam der Diabetes mellitus hinzu, mit dem Herr Ramoni schon seit frühester Jugend zu leben verstand.

Die Rückkehr zu dem befreundeten Ehepaar besprach er vor allem immer wieder mit einer älteren Dame, die er Gustl nannte. Sie saß in den ersten Tagen regelmäßig, mitunter sogar zweimal täglich, etwa eine Stunde lang an seinem Bett und versuchte ihn zu überzeugen, die Rekonvaleszenz doch bei ihr zu Hause zu verbringen. Meine Verwunderung darüber, dass er nach dem Krankenhausaufenthalt lieber wieder zu seinen Freunden gehen wollte, als zu ihr, nahm noch zu, als sich heraushören ließ, dass die beiden eigentlich zusammenwohnten.

Zunächst glaubte ich, dass Gustl seine Ehefrau sein müsse, zumal sich anderer Damenbesuch immer nur dann einstellte, wenn sie gerade nicht an Ramonis Bett saß, weil sie beispielsweise irgendwelche Besorgungen für ihn erledigte. Doch als sich die beiden eines Vormittags genau darum heftig stritten, verstand ich plötzlich, dass es sich bei den beiden um Geschwister handelte.

Nachdem dann irgendwann die Entscheidung zugunsten einer Regeneration in der Nachbarstadt getroffen war, blieb Gustl dem Bett des kranken Bruders längere Zeit beleidigt fern. Schließlich war sie es gewesen, die ihn in der gemeinsamen Wohnung vor Tagen bewusstlos neben dem Bett gefunden und sogleich den Notarzt alarmiert hatte. Besorgt darüber, dass das kleine Gerät im Brustkorb seinen Dienst versagt haben könne und dass es mit dem Bruder dieses Mal endgültig zu Ende gehen könnte, hatte Gustl ihn umgehend hier einliefern lassen. Auch nach der jetzt bevorstehenden Entlassung sei er daher erneut bestens bei ihr aufgehoben und brauche nicht die Strapazen einer Umsiedlung in die Nachbarstadt auf sich zu nehmen.

Doch es war gerade ihre Nähe, der Herr Ramoni fernbleiben wollte. Nach der Herzoperation hatte er sich rasch erholt bei dem Ehepaar, das ihm ergeben jeden Wunsch von den Lippen ablas. Den beiden Fans fühlte er sich außer durch das, was er aufgrund seiner Vergangenheit für sie darstellte, nicht weiter verpflichtet. Bei ihnen war Jürgen Ramoni noch immer der bewunderte Alleinunterhalter – für seine Schwester jedoch lediglich der einzige, der ihr nach dem frühen Tod ihres Mannes und dem ihrer Eltern noch den Rückhalt einer Familie bot.

Sein von einer schweren Erkrankung geprägtes Leben war bei ihr auf das Alter ausgerichtet, während ihn der Aufenthalt in der Nachbarstadt durch Erinnerungen an junge und erfolgreiche vergangene Zeiten lebendig hielt. Ich verstand die beiden besser als sie einander.

II

Beim Diabetes, der im Volksmund auch Zuckerkrankheit genannt wird, handelt es sich, wie ich in diesen Tagen von den gelegentlich visitierenden Medizinern lernte, um eine weit verbreitete Stoffwechselstörung oder, wie man früher sagte, um eine Durch-fluss-Erkrankung: Altgriechisch *diabetes* heißt ›hindurchfließen‹.

Der Oberarzt erklärte mir, als ich eines vor-mittags danach fragte, dass in Deutschland in-zwischen ein Viertel aller Ausgaben der Kran-kenkassen für die Behandlung des Diabetes und seiner Begleit- und Folgeerkrankungen aufgewendet werde. Aufgrund des weithin ver-breiteten Übergewichts und des chronischen Bewegungsmangels moderner Menschen sei er längst einer der häufigsten Beratungsanläs-se in allgemeinmedizinischen Praxen, und es verwundere daher auch nicht, dass er in den unteren Gesellschaftsschichten sehr viel häu-figer auftrete als in den oberen.

Als ich wissen wollte, worin denn die Stö-rung des Stoffwechsels genau bestehe, wenn von einem Diabetes gesprochen wird, sagte er zu mir: »Nachdem der Verdauungsapparat die mit dem Essen aufgenommenen Kohlehydra-te zu Glukose, also Zucker, umgewandelt hat, wird diese über das Blut im gesamten Körper verteilt. Das von der Bauchspeicheldrüse hergestellte Hormon Insulin trägt dann dazu bei, dass die Zellen aus der Glukose die von ihnen benötigte Energie produzieren können. Wenn das körpereigene Hormon aber nicht in ausreichender Menge vorhanden ist, können die Zellmembranen die Glukose nicht vollständig aufnehmen, so dass ein Teil davon im Blutkreislauf verbleibt.«

Er schaute erst Herrn Ramoni, dann Herrn Sattler an, wandte sich schließlich wieder an mich und erklärte weiter: »Der Blutzuckerspiegel sollte nüchtern unter hundert Milligramm pro Deziliter liegen. Während der Verdauungsphase steigt er bei gesunden Menschen zunächst an und wird dann bei etwa achtzig bis hundertzwanzig Milligramm pro Deziliter konstant gehalten. Selbst wenn man längere Zeit keine Nahrung zu sich nimmt, sorgt die Leber durch die Neubildung von Glukose aus bereitliegenden Bausteinen dafür, dass der Blutzuckerspiegel konstant auf diesem normalen Niveau bleibt. Erhöht er sich nach dem Essen jedoch regelmäßig auf Werte über einhundertvierzig Milligramm, ohne anschließend wieder abzusinken, deutet dies auf eine gestörte Zuckerverwertung in den Zellen, zum Beispiel in Form des Diabetes mellitus, hin.«

An dieser Stelle warf Herr Sattler ein, dass *mellitus* lateinisch sei und ›honigsüß‹ heiße — »ganz recht«, sagte der Arzt, »wir können die Erhöhung des Zuckerspiegels im Blut mit einem sogenannten Toleranztest überprüfen: Selbst nach der Verabreichung reiner Glukose darf der Blutzuckerwert nicht deutlich über zweihundert Milligramm steigen.« Liegt er regelmäßig bei Werten über zweihundertundsechs, dann liegt ein Diabetes vor. Meine beiden Mitbewohner nickten wissend, denn mit dem ›honigsüßen Durchfließen‹ ihrer Körper kannten sie sich aus.

Der ältere Herr Ramoni war stark untergewichtig und bestand, wie man so schön sagt, nur ›aus Haut und Knochen‹. Das kann durchaus typisch sein für Menschen mit einer solchen Stoffwechselstörung, weil das fehlende Insulin auch für die Speicherung von Fettreserven in den Zellen zuständig ist.

Zur Bekämpfung seines grippalen Infekts wurde Ramoni, wie inzwischen auch ich, dreimal täglich intravenös mit einem Breitspektrum-Antibiotikum versorgt. Wie ich musste auch er regelmäßig inhalieren, um die Atemwege freizuhalten, und, wie bald auch mir, ging es ihm jetzt täglich ein klein wenig besser. Dennoch wollten ihn die Ärzte noch nicht aus der Klinik entlassen. Grund dafür war die Sorge um den geschwächten Körper des fast Siebzigjährigen.

Wegen dieser Maßnahme diskutierte Herr Ramoni nachmittags gern mit uns und seinen Besuchern darüber, dass die Klinik zwischen den Jahren seiner Meinung nach kostspielige Bettenleerstände vermeiden wolle: Wer möchte schon zwischen Weihnachten und Neujahr im Krankenhaus liegen! Der quirlige Alleinunterhalter, der das Stillsitzen, geschweige denn das Liegen, zeitlebens nicht gewohnt war, wollte spätestens nach dem Neujahrstag seine Sachen packen, um Schwester und Heimatstadt den Rücken zu kehren.

Die Perspektiven des Herrn Sattler waren weniger optimistisch, auch wenn er sich seit dem Entschluss zur Dialyse überhaupt schon ab und zu mal wieder Gedanken über eine Zeit nach dem Klinikaufenthalt machte. Auch er war Diabetiker, allerdings anders als Herr Ramoni an einer altersbedingten Form des Diabetes, dem sogenannten Typ 2, erkrankt, so dass er erst seit etwa fünf Jahren damit vertraut

war, täglich mehrfach selbst seinen Blutzuckerspiegel zu regulieren.

Der Krankenhausaufenthalt erleichterte
ihm diese immer gleiche Prozedur, denn die
in Broteinheiten gemessene Kohlehydrat-
menge des vorbestellten Essens stand immer
schon mit dem Ausfüllen der täglichen Be-
stellkarte fest, so dass Herr Sattler lediglich
ein halbe stunde vor ihrer Aufnahme den
Blutzuckerspiegel mittels eines Schnelltests ermitteln – ein kleiner Stich in den Finger – und
anhand einer Tabelle die richtige Menge an
Insulin bestimmen musste. Die zum Blutwert
passende Dosis verabreichte er sich, ebenso
wie Herr Ramoni, über ein leicht zu hand-
habendes Injektionsgerät stets selbst.

Die medizinischen Instrumente bewahrte
er, wie alle anderen dafür benötigten Utensi-
lien, sorgfältig in einer Art Pfeifentasche im
Bettschränkchen auf. Und wie bei einem Pfei-
fenraucher das Tabakstopfen und das Reinigen der Pfeife oder wie bei einem Teetrinker
das Aufbrühen und das Eingießen des Tees zu
einer zeremoniellen Handlung gerät, so führte auch Herr Sattler diese Vorgänge stets mit
Gelassenheit, Souveränität und großer Sorg-
falt durch.

Das Pflegepersonal überließ dem Patienten gern diese Form der Selbstmedikation, denn das erleichterte den Angestellten nicht nur die Arbeit, sondern war auch ein wichtiger Bestandteil ihres strategischen Bemühens, Herrn Sattler langfristig aus dem Krankenhaus wieder in ein selbstbestimmtes Leben mit möglichst geringer gesundheitlicher Beeinträchtigung zu entlassen.

Nachdem der Arzt gegangen war, wollte ich mehr über die verschiedenen Formen des Diabetes wissen, an denen meine Mitbewohner erkrankt waren, und recherchierte mit dem Tablet im Internet. Beim Diabetes-Typ 1, der oft, wie bei Herrn Ramoni, schon im Jugendalter auftritt, entsteht der Mangel des Hormons Insulin demnach dadurch, dass körpereigene Abwehrstoffe die Insulin produzierenden Betazellen der sogenannten Langerhans-Inseln in der Bauchspeicheldrüse durch eine Entzündung zerstören. Der Typ 2 des Herrn Sattler hingegen, der auch als Altersoder Erwachsenendiabetes bezeichnet wird, entsteht entweder durch eine verminderte Empfindlichkeit der Körperzellen für Insulin, die so genannte Insulinresistenz, oder durch eine jahrelange Überproduktion von Insulin,

ausgelöst zum Beispiel durch extremes Übergewicht, die zu einer frühzeitigen Alterung
der Insulin produzierenden Zellen führt.

Bei ständig steigendem Gewicht durch falsche Ernährung und gleichzeitig fehlender
Bewegung verschleißen die Insulinproduzen-
ten schneller, und wenn sie dann ihren Dienst
einstellen, ist es dem Körper nicht mehr möglich, weiteres Fett einzulagern, so dass es plötzlich zu einem solch extremen Gewichtsverlust
kommt, wie man ihn bei Herrn Sattler erkennen konnte. Darüber hinaus provozieren die
hohen Blutzuckerwerte bei langjährigem, vor
allem unbehandeltem Diabetes mellitus weitere Folgeerkrankungen mit lebensbedroh-
lichen Schäden an Augen, Nieren, Leber, Ner-
vensystem, Herz, Gehirn und Blutgefäßen.
Als diabetische Polyneuropathie werden solche Nervenschädigungen durch eine Zucker-
erkrankung zusammengefasst. Auf diesem
Weg dürfte sich auch Herr Sattler befinden,
dachte ich mir, und sicher gehörte viel Diszi-
plin dazu, sich der Zwangsläufigkeit, mit der
sich sein Zustand verschlechterte, Tag für Tag
zu widersetzen.

Herr Sattler wohnte ursprünglich in genau
jener Nachbarstadt, in die Herr Ramoni nun

unbedingt zurückkehren wollte. Als er sich vor einigen Jahren von dort mit dem Zug auf den Weg machte, um hier in der Stadthalle ein Rockkonzert zu besuchen, war er im Bahnhof ohne jede Vorwarnung zusammengesackt und hatte das Bewusstsein verloren. Während er derart hilflos am Fuß der gekachelten Wand des Tunnels gelegen hatte, der die Gleise unterirdisch mit der Bahnhofshalle verbindet, stahl ihm jemand alle Wertgegenstände aus dem Mantel: die Armbanduhr, die Schlüssel, das Handy sowie die Brieftasche mitsamt dem Geld und allen Ausweispapieren.

Anschließend müssen noch sehr viele Reisende achtlos an dem vermeintlich Betrunkenen vorübergegangen sein, denn es ließ sich später rekonstruieren, dass zwischen der Ankunftszeit seines Zuges im Bahnhof und dem Transport mit dem Rettungswagen in das bahnhofsnahe Christopherus-Hospital beinahe zwei Stunden vergangen waren.

Auch die Ärzte wussten zunächst nicht viel mit dem korpulenten Unbekannten anzufangen, der scheinbar grundlos ins Koma gefallen war und nun vom Malteser Hilfsdienst angeliefert wurde. Auf der Intensivstation stabilisierte sich zwar sein Zustand, als dessen

Ursache dann bald eine Nierenfehlfunktion diagnostiziert wurde. Aber erst weitere drei Wochen später erlangte der bis dahin noch immer nicht identifizierte Mann das Bewusstsein zurück.

Nachdem er anschließend fast ein halbes Jahr lang in der Klinik gelegen hatte, kehrte der halbwegs genesene Herr Sattler in seine Wohnung in der Nachbarstadt zurück, wo er seit der Scheidung von seiner Frau ohne Familie und sonstige Verwandtschaft sehr zurückgezogen lebte. Die Nieren waren durch den Vorfall und die verzögerte medizinische Versorgung nachhaltig geschädigt worden, so dass er mit seinem Diabetes nun auch noch Dauergast in einer nephrologischen Praxis wurde und täglich ein halbes Dutzend Tabletten einnehmen musste.

Später war er berufsbedingt hierher in die Stadt umgezogen, in der sein Unheil seinen Anfang genommen hatte, und im Frühsommer dieses Jahres versagten seine Nieren schließlich vollends den Dienst. Seither lag Herr Sattler nun in dieser Klinik. Medikamente erledigten behelfsweise die Arbeit der beiden lebenswichtigen Organe und die Ärzte hatten es in diesen Tagen Wochen endlich geschafft, ihn zur regelmäßigen Dialyse durch Maschinen zu überreden.

Diese Geräte sollten alle zwei bis drei Tage das Blut reinigen, um dem Körper die heftigen Nebenwirkungen der Medikamente zu ersparen. Ihretwegen kämpfte Herr Sattler mit schwerwiegenden Herz- und Kreislaufproblemen und war daher praktisch bettlägerig. Sein ehemals fülliger Körper hatte zwar stark an Fett, aber nur wenig an Gewicht verloren, denn er war von Wassereinlagerungen aufgeschwemmt, gegen die die wechselnden Präparate unterschiedlich gut wirkten. Deshalb auch waren Herrn Sattler Trinkwasser und Tee strikt rationiert und der Urinbeutel an seiner Seite ermöglichte den Ärzten eine Kontrolle der täglichen Flüssigkeitsausscheidung – nicht nur hinsichtlich der Menge, sondern auch in Bezug auf seine Inhaltsstoffe. In der Antike testeten Ärzte den Urin von Diabetikern sogar anhand einer Geschmacksprobe, weil der Harn bei manchen Formen des Diabetes einen süßlichen Geschmack aufweist.

Als ich erfuhr, wie wenig Herr Sattler jeden Tag trinken durfte, öffnete ich das Fenster einen Spalt breit, und während sich angenehm frostige Winterluft von draußen mit der dumpfwarmen und sauerstoffarmen Luft des Krankenzimmers mischte, drehte ich auch den Thermostat des Heizkörpers, der sich unter dem Fenster neben meinem Bett befand, von der voreingestellten höchsten Stufe auf einen mittleren Grad. Mit meinem zu hohen Blutdruck war nämlich auch mir ständig viel zu warm.

Anders als der ununterbrochen um Lebenslust bemühte Herr Ramoni hatte Herr Sattler erst durch die Aussicht auf eine Dialyse neue Hoffnung auf ein Dasein außerhalb der Klinik geschöpft, nachdem er zuvor mit seinem Leben bereits abgeschlossen zu haben schien. Noch bis vor kurzem hatte er alle Untersuchungen und Behandlungen mit großem Gleichmut über sich ergehen lassen.

Das Einzige, was er während all der Zeit allein und vollkommen selbstständig durchführte, war die Messung des Blutzuckerspiegels sowie das anschließende Aufziehen und Injizieren der errechneten Insulindosis. Mir schienen diese sich mehrfach täglich wiederholenden Handgriffe die einzigen Augenblicke im Tagesablauf des grauhaarigen Herrn zu sein, in denen er erkennen ließ, dass ihm seine Gesundheit noch am Herzen lag.

Während ich mit quälend langsam sinkender Körpertemperatur und nicht schneller steigendem Wohlbefinden die üppig bemessene freie Zeit zwischen den Mahlzeiten und einigen wenigen Untersuchungen dafür nutzte, mich mit meinem mitgebrachten Tablet zu beschäftigen oder Sudokus zu lösen, lag Herr Sattler den ganzen Tag bedürfnis- und nahezu regungslos auf seinem Bett, den Oberkörper leicht erhöht, meist zwar hellwach das Geschehen im Zimmer betrachtend, aber auch immer wieder einschlafend.

Ob Herr Ramoni seinen Besuch unterhielt, telefonierte oder fernsah, ob die Schwestern den beiden den Blutdruck maßen, die Betten machten oder das Essen brachten, ob ich meine Lieblingsmusik hörte, einen Film über ein Paar schaute, dessen Ehe beinahe an den eigenen, nur allzu menschlichen Unzulänglichkeiten gescheitert wäre, oder ob ich eine Erzählung von Arthur Schnitzler las: Herr Sattler sah zu, ohne sich in irgendeiner Form an irgendetwas zu beteiligen. Weder mit Herrn Ramoni noch mit mir suchte er das Gespräch, und auch mit den Schwestern, die das offensichtlich von ihm gewohnt waren, sprach er nur das Notwendigste.

Nur einmal, als versehentlich einige Akkorde meines Lieblingsliedes im Krankenzimmer erklangen, weil ich vergessen hatte, meine Kopfhörer in das Tablet zu stöpseln, blühte er ein wenig auf, begeisterte sich für die Musik und schwärmte von seiner Leidenschaft für Pink Floyd. Es schlossen sich aufgeregte Erzählungen über das von ihm verpasste Rockkonzert, seine Krankengeschichte und seinen aktuellen Gesundheitszustand an. Es schien beinahe so, als habe er seit meiner Ankunft nur darauf gewartet, mir all dies erzählen zu können.

Daheim besitze er ebenfalls einen Computer, erzählte Herr Sattler. Er schreibe Gedichte, die er auf einer externen Festplatte speichere und manchmal sogar ausdrucke. Er holte ein halbes Dutzend abgegriffener Blätter aus der Schublade seines Beistelltisches und reichte mir eines davon als Beleg für seinen Bericht. Nachdem ich den dreistrophigen Text mit der Überschrift ›Hingeworfene Entwürfe‹ gelesen hatte, brachte ich ihm das handbeschriebene Blatt mit einigen Worten der Anerkennung zurück an sein Bett.

Ich fragte mich, warum er sich der Dialysebehandlung so lange Zeit verweigert haben mochte, wagte aber zunächst nicht, das Thema anzusprechen. Als ich es nach einigen Minuten seichter Unterhaltung dann doch tat, verstummte Herr Sattler augenblicklich. Und als ich nach einem kurzen Moment der Stille weiterfragte, welche Alternativen zur Dialyse es denn für ihn gebe, lautete seine Antwort: »Keine«. Dann legte er seinen Oberkörper zurück auf das Bett, wandte den Kopf ab und sprach nichts weiter.

III

Die Tage vergingen stets auf dieselbe Weise und der Silvestertag machte davon keine Ausnahme. Die Nacht zuvor war wie immer wenig erholsam gewesen: Wiederholt sah ich im fiebrigen Halbschlaf, nach meinem Gefühl jede Viertelstunde, die Silhouette der Nachtschwester im Lichtschein der leicht geöffneten Zimmertür – sie hatte beiden Herren den Blutzucker zu messen und mir um halb fünf eine neue Infusion anzulegen – bis statt ihrer plötzlich eine Abordnung des Pflegedienstes hereinkam, um uns zu einer Uhrzeit zu wecken, die nicht dem Erholungsbedürfnis der Patienten, sondern dem Schichtdienst des Klinikpersonals geschuldet war.

Meist kamen sie zu dritt, manchmal begleitet von einer Schwesternschülerin, und sie führten in einem der schrankgroßen, grünen Handwagen, aus denen in der Eisenbahn oder im Flugzeug Kaffee und Bretzel ausgegeben werden, alles mit sich, was sie zur Pflege ihrer bettlägerigen Patienten benötigten. Uns dreien maß der Trupp die Temperatur (morgens war ich stets fieberfrei) und den Blutdruck (dabei machte sich meist die Schülerin nützlich), den Herren in den beiden anderen Betten darüber hinaus erneut den Blutzucker.

Nach dem gemessenen Wert richtete sich die Menge an Insulin, die die beiden Diabetiker sich vor dem Frühstück, dessen Kohlehydrate genau berechnet waren, zu verabreichen hatten. Dazu waren ein Grundwissen über den Diabetes sowie Erfahrung mit dem eigenen Körper vonnöten, denn wenn der Stoffwechsel bei Diabetikern auch unwiederbringlich durcheinander geraten ist, bedeutet dies nicht zugleich, dass die Bauchspeicheldrüse gar kein Insulin mehr produziert. Jeder Erkrankte muss daher für sich persönlich herausfinden, welche Medikamentierung bei regelmäßiger und disziplinierter Nahrungsaufnahme für ihn die angemessene ist.

Von Herrn Ramoni, der damit schon ein ganzes Leben lang beschäftigt war, erfuhr ich, dass es keineswegs ausreicht, das jeweils benötigte Insulin aus irgendwelchen Tabellen abzulesen, weil diese stets nur Richtwerte verzeichnen. In jedem Fall, sagte er mahnend, seien starke Schwankungen des Blutzuckerspiegels zu vermeiden, denn sie vergrößerten das Risiko von Folgeerkrankungen. So schädigen ein zu niedriger Blutzucker- und ein zu

hoher Insulinspiegel die Innenwände der Blut-
gefäße beispielsweise ebenso wie ein zu hoher
Blutzuckerspiegel. Für den betroffenen Diabetiker gelte deshalb, dass er selbst zum Spe-
zialisten für die eigene Erkrankung werden
und die Verantwortung dafür übernehmen
müsse, möglichst niedrige Blutzuckerwerte zu
erreichen, ohne andererseits eine Unterzuckerung zu riskieren. Ein daraus möglicherweise
folgender hypoglykämischer Schock wäre für
den Patienten stets lebensbedrohlich. Bei wie-
derholten schweren Vorfällen, wusste Herr Ramoni zu berichten, verdoppele sich darüber
hinaus die Wahrscheinlichkeit, im Alter an
Demenz zu erkranken.

Die Verabreichung anderer Medikamente sowie die Kontrolle über die korrekte Do-
sierung des Insulins oblag natürlich dem
Pflegepersonal der Station. Die Schwestern
begleitete meist ein männlicher Pfleger, dessen Körperkraft bei schwergewichtigen Patienten zum Einsatz kam. So war es notwendig,
Herrn Sattler beim Aufstehen zu helfen und
ihn zum Waschbecken zu begleiten. Wenn
er sich außerhalb der morgendlichen Pflege-
zeiten auf die Kante seines Bettes setzte, um
den kurzen Weg ins Badezimmer in Angriff

zu nehmen (was höchstens einmal am Tag geschah, denn alle Flüssigkeit sammelte sich ja über einen Schlauch, der aus der Leiste ragte, in einem Kunststoffbeutel), war statt des woanders gebrauchten Pflegers mehr und mehr ich darauf vorbereitet, dem schweren Mann stützend zur Seite zu springen, falls er das Gleichgewicht verlieren sollte.

Als Herr Sattler beim Versuch, aufzustehen, meine Anspannung bemerkte, winkte er freundlich ab: In der Tat war der schwerkranke Mann beweglicher, als er es sonst erkennen ließ, wenn er auf dem Rücken im Bett lag. Allerdings reagierten die Schwestern sehr ungehalten, wenn er für seine Ausflüge aus dem Bett nicht in die bereitstehenden Schuhe schlüpfte, sondern auf seinen dicken grauen Socken über den Linoleumboden rutschte.

Nacheinander hatte jeder von uns dreien hinter einem Vorhang Gelegenheit zu einer kurzen Morgentoilette – eine Dusche gab es weder hier im Zimmer noch war sie im Zeitplan des Pflegedienstes vorgesehen. Das Bett, welches bei diesem sich täglich wiederholenden Prozedere jeweils leer stand, bezogen die geübten Schwestern in Windeseile mit frischen Laken.

Bevor jedoch Herr Sattler aufstehen konnte, musste stets erst der an seinem Bett befestigte Urinbeutel geleert werden. Sein Inhalt wurde mitten im Raum, als handele es sich um ein feierliches Ritual, in ein Messgefäß umgefüllt. Die ausgeschiedene Flüssigkeitsmenge protokollierte die Oberschwester für die Ewigkeit in der Krankenakte. Genauso überfallartig, wie die Pflegekolonne der Frühschicht den Raum noch im Dunklen betreten hatte, verschwand sie für gewöhnlich auch wieder. Etwa eine halbe Stunde später, draußen war es noch immer nicht hell, brachten dieselben Menschen uns dann das Frühstück ans Bett.

Den folgenden, kurzen Wintertag prägte eine gewisse Ungeduld, weil er der letzte des Jahres sein sollte. An solchen Tagen schließt man üblicherweise mit dem Vergangenen ab und legt sich Vorsätze für das neue Jahr zurecht. Und doch verlief er, allen Besonderheiten zum Trotz, wie alle anderen Tage in der Klinik – abgesehen davon, dass gegen Mittag ein ebenso sanftes wie stilles Schneetreiben einsetzte, das erst kurz vor Mitternacht wieder aufhören sollte und zum Jahreswechsel draußen eine zuckerweiße Landschaft hinterließ, wie sie sich viele Menschen auch dieses

Mal wieder vergebens zum Weihnachtsfest gewünscht hatten.

Es fand an diesem letzten Tag des Jahres allerdings, wie es sonst nur am Wochenende der Fall ist, keine medizinische Betreuung durch Ärzte statt. Es gab keine Visite und auch keine diagnostischen Untersuchungen, weil der größte Teil des Klinikpersonals am Silvesterabend frei hatte. Der Notbesetzung zum Trotz erhielt Herr Ramoni den üblichen Besuch, die üblichen Anrufe und die üblichen guten Wünsche zum Neuen Jahr, und seit dem wie üblich sehr frühen Abendessen sah er wie üblich mit großer Begeisterung fern.

Das fest installierte Fernsehgerät hing in der Zimmerecke über der Tür, seinem Bett direkt gegenüber. Er hatte eine Fernbedienung und empfing den Ton mittels eines drahtlosen Kopfhörers. Da sich weder Herr Sattler noch ich für das TV-Programm interessierten, gab es um dessen Auswahl keinen Streit. Leider aber flimmerten so den ganzen Abend Bilder in den Raum, deren Anblick man sich gern erspart hätte: Selbst wenn der ›Silvesterstadl‹ ohne Ton läuft, bereitet einem das grotesklautlose Grölen der Zuschauer in Dirndl und Lederhosen körperliches Unwohlsein.

Herr Sattler tat wie üblich nichts. Ich betrachtete von meinem Bett am Ende des Zimmers aus abwechselnd das bunte Treiben auf dem Bildschirm und das weiße hinter der Fensterscheibe. Dazu hörte ich ungewöhnlich laut Musik über die Kopfhörer. An Schlaf war zunächst ohnehin nicht zu denken, weil seit etwa halb elf Uhr draußen verfrühte Silvesterraketen in den von Wolken verhangenen Nachthimmel stiegen, dem ich mich von meinem Bett im fünften Stock der Klinik aus näher fühlte als jemals zuvor.

Ungeachtet des erst weit nach Mitternacht abklingenden Feuerwerks war ich aufgrund des Fiebers, das abends noch immer auf 38,5 Grad anstieg und nun schon drei Wochen anhielt, sowie meiner daraus resultierenden körperlichen Erschöpfung nach dem Ausschalten des Fernsehgerätes um halb eins bald eingenickt, wurde aber immer wieder durch einzelne Knallgeräusche aus dem Schlaf gerissen. In der Mitte der Nacht, es muss nach drei Uhr gewesen sein, weckte mich jedoch ein gleichmäßig wiederkehrendes Geräusch.

Im schwachen Schimmer der Nachtbeleuchtung sah ich Herrn Sattler auf dem Rand seines Bettes sitzen, neben ihm lag das schwarze

Pfeifentäschchen. Er fluchte leise vor sich hin, weil ihm irgendetwas, um das er sich dort im Halbdunkel bemühte, nicht gelingen wollte. Es klang, als versuche jemand, ein nicht funktionierendes Feuerzeug zu entzünden. Dann schlief ich wieder ein.

Um vier Uhr wurde ich erneut wach. Die Deckenbeleuchtung erhellte das Zimmer, die Tür war weit geöffnet, Herr Ramoni saß in seinem Bett an der Tür, und neben dem mittleren Bett stand die Nachtschwester, die immer wieder laut »Herr Sattler, Herr Sattler!« rief. Mit der linken Hand fühlte sie seinen Puls und mit der rechten schlug sie ihm sanft auf die Wangen. Eine zweite Schwester kam herein und wurde von der ersten gleich wieder fortgeschickt, um den diensthabenden Arzt der Inneren Station zu wecken. Ohne Hektik, aber eiligen Schrittes, fanden sich beide nach wenigen Minuten in Zimmer 206 ein. Langsam erst erwachend begriff ich, was dort am mittleren Bett vor sich ging.

Die Nachtschwester hatte während ihres Rundgangs bemerkt, dass Herr Sattler ohne Bewusstsein in seinem Bett lag und lebensgefährlich unterzuckert war. »38« sagte sie nun zu dem an den Patienten herantretenden

Arzt – sie hatte in der Zwischenzeit den Blutzuckerwert gemessen. Weiteres wurde nicht gesprochen, denn jeder wusste, was er jetzt zu tun hatte. Die Schwester legte dem bewusstlosen Herrn Sattler als erste Maßnahme eine Täfelchen Traubenzucker in die Wangentasche, die sich im Speichel langsam auflösen und den Blutzuckerspiegel steigern sollte. Zugleich setzte der Arzt, dem man anmerkte, dass er hier nichts falsch machen wollte, einen Zugang, um dem Bewusstlosen eine Infusion mit Glukoselösung zu verabreichen.

Eine Hypoglykämie beseitigt am schnellsten die Aufnahme von leicht resorbierbaren Kohlehydraten, vorzugsweise von Zucker in flüssiger Form – das hatte mir Herr Sattler selbst erzählt. Als dieser durch die rasch getroffenen Maßnahmen einige Minuten später wieder zu sich gekommen war, verabreichte man ihm zusätzlich Apfelsaft aus einer weißen Porzellantasse. In kurzen Abständen wurden immer wieder Puls, Blutdruck und der Blutzuckerwert gemessen. Dann legte sich die Aufregung schnell, Herr Sattler schlief erschöpft ein, das Licht wurde bis auf die Notbeleuchtung gelöscht, und die weitere Nacht verlief ruhig, wenn man davon absieht, dass die

Nachtschwester noch ein- oder zweimal mehr nach uns schaute als sonst.

Den folgenden Vormittag, es war der erste des neuen Jahres, verschlief Herr Sattler weitgehend. In den kurzen Momenten, in denen er wach war, hörte ich heraus, dass er keinerlei Erinnerungen an den nächtlichen Vorfall besaß. Bei der morgendlichen Pflege hatte es nur geheißen: »Was machen Sie denn für Sachen, Herr Sattler?« Und zu uns beiden anderen sagte der Pfleger: »Da hatten Sie gewiss eine kurze Nacht, meine Herren.« Wir nickten stumm.

Weil sich am Neujahrstag kein Arzt blicken ließ, um mit Herrn Sattler über das Vorgefallene zu reden, erzählte ich ihm, was meiner Ansicht nach geschehen war: Als er selbst in der Nacht den Blutzuckerwert messen wollte, litt er möglicherweise bereits an einer leichten Unterzuckerung, die zu Wahrnehmungs- und Koordinierungsstörungen führte. Die Geräusche, die mich geweckt hatten, entstanden vermutlich, als der fast schon handlungsunfähige Herr Sattler vergeblich versuchte, sich Insulin zu spritzen. Und bald nachdem ich wieder eingeschlafen war, dürfte er das Bewusstsein verloren haben. Die Nachtschwester hatte Zimmer 206 gerade zur rechten Zeit betreten.

Als die Oberschwester nun den dieses Mal prall gefüllten Urinbeutel ausleerte und den entsprechenden Wert in das Krankenblatt eintrug, sagte sie mit einem Blick auf ihre Tabelle: »Sie haben wieder viel zu viel getrunken, Herr Sattler! Dabei wissen Sie genau, dass Sie sich streng an die Anweisungen der Ärzte zu halten haben!« Manche Sätze verklingen zwar wie alle anderen, sobald sie ausgesprochen worden sind, doch entfalten ihre Worte bei dem, der sie gehört hat, noch über lange Zeit hinweg eine unerhörte Wirkung – und dies war ein solcher Satz. Bevor der Gescholtene sich zu einem Widerspruch entschließen konnte, war die am Neujahrsmorgen offensichtlich nicht besonders gut aufgelegte Oberschwester bereits wieder aus dem Zimmer verschwunden.

Dafür beschwerte sich Herr Sattler nun bei mir darüber, dass er sich zu Unrecht gemaßregelt fühlte. Ich könne doch bezeugen, schimpfte er, dass er am Tag zuvor nicht mehr als eine Flasche Mineralwasser und zwei Tassen Tee zu sich genommen habe, womit er vermutlich sogar unterhalb der ihm erlaubten Menge von anderthalb Litern Flüssigkeit geblieben sei. Und das stimmte in der Tat: Erstens hatte ich selbst ihm diese einzige Flasche

aus dem Schwesternzimmer der Station mitge-
bracht, und zweitens war sein Trinkverhalten
tags zuvor von mir recht genau beobachtet
worden, weil die ständigen Ermahnungen des
Personals an ihn dafür gesorgt hatten, dass ich
mich während der Abwesenheit der Schwestern auf eigentümliche Art für das Einhalten
dieser Regeln mitverantwortlich fühlte.

In der Nacht allerdings hatte man Herrn
Sattler jede Menge zusätzlichen Apfelsaft ein-
geflößt, während er selbst nicht Herr seiner
Sinne war. Jetzt brachte ihn der falsche Vor-
wurf jedenfalls derart auf, dass er sich gar
nicht mehr beruhigen ließ. Wer den meist regungslos und stumm im Bett liegenden Mann
kannte, hätte nicht für möglich gehalten, dass
er sich körperlich und verbal so sehr aufregen
könnte.

IV

Die Krankheit verändert den Menschen. Diabetes verwandelt die Aura eines Zuckerkranken – zum Beispiel riecht er anders. Manche nehmen das an sich selbst so wahr, als benutzten sie plötzlich ein anderes Deodorant oder als würden sie ihre Wäsche mit einem neuen Weichspüler waschen. Der neue Geruch muss nicht einmal unangenehm sein: Beängstigend ist schon allein seine Andersartigkeit.

Doch das Fremde steckt eben nicht in den Kleidern, es entströmt dem Körper durch die Poren auf der Hautoberfläche. Auch Hunde bemerken diesen Unterschied; etwa ein Drittel von ihnen ist in der Lage, eine Unterzuckerung zu erschnüffeln. Zahlreiche Diabetiker berichten, dass sie in der Nacht schon einmal vom Gebell ihres Hundes geweckt wurden, wenn sie unterzuckert waren, und nicht selten haben Vierbeiner auf diese Weise ihr Frauchen oder Herrchen vor dem Tod bewahrt.

Im Fall einer Überzuckerung kann dagegen Aceton in der Luft enthalten sein, die ein Kranker ausatmet. Dies wird von anderen Menschen bisweilen als Alkoholfahne wahrgenommen, weshalb man den Unterzuckerten manchmal für betrunken hält. Auch die Symptome einer Unterzuckerung – Torkeln, Benommenheit, Sprechstörungen – werden schon mal als Auswirkung einer Alkoholisierung oder als Anzeichen von Drogeneinfluss fehlinterpretiert. Solche Missverständnisse verhindern im schlimmsten Fall sogar, dass lebensnotwendige Hilfsmaßnahmen eingeleitet werden, und führen statt dessen dazu, dass die betroffene Person ins Koma fällt.

Neben dem Geruch verändert sich auch der Charakter vieler chronisch Kranker. Von einem Moment auf den anderen und aus ganz nichtigem Anlass können Diabetiker zum Beispiel sehr rechthaberisch, sturköpfig oder auch jähzornig sein – als ob sie mit dieser Form des Egoismus kompensieren müssten, dass sie im Zustand der Unterzuckerung sich selbst fremd und gänzlich willenlos sind, wenn sie erst einmal ins Koma fallen. Oft bemerkt ein nahestehender Mensch gerade wegen eines derartig aggressiven Verhaltens eine beginnende Unterzuckerung. Sie kann durch rasche Nahrungsaufnahme aufgefangen werden – dafür müssen jedoch sowohl der Erkrankte als auch sein Umfeld gut über diese Mechanismen informiert sein und schon beim kleinsten Anzeichen gemeinsam handeln.

Herr Sattler jedoch wollte jetzt gar nicht mehr handeln, er wollte sich verweigern. Er war so wütend und zornig, dass er trotzig beschloss, fortan überhaupt nichts mehr zu trinken und auch nicht mehr zu essen. Das nun hereingetragene Frühstück ignorierte er samt dem Tee. Sein Tablett wurde vom Pfleger nach einer halben Stunde unberührt wieder abgeräumt. Da Feiertag war und nur eine Notbesetzung auf der Station Dienst leistete, nahm davon außer mir auch niemand Notiz. Ich verfolgte seine Verweigerung mit zunehmender Sorge.

Die Zeit bis zum Mittagessen verbrachte Herr Sattler wie immer regungslos auf seinem Bett, er trank nichts und er maß auch nicht seinen Blutzucker. Er lag einfach da, leicht aufgerichtet mit Hilfe des hochgestellten Kopfteils, und starrte vor sich hin. Auch das wie immer sehr frühe Mittagessen blieb unangerührt auf Herrn Sattlers Nachttisch stehen, bis man das Geschirr wieder aus dem Zimmer trug.

Nun hielt ich es für geboten, dem störrischen Verhalten des grauhaarigen Mannes nicht länger tatenlos zuzusehen. Ob ich überhaupt das Recht dazu hatte, mich einzumischen, war mir jetzt egal. Als der Pfleger unsere drei Tabletts eingesammelt hatte, ging ich hinaus auf den Flur und sprach ihn an.

»Wissen Sie, dass dies schon die zweite Mahlzeit ist, die Herr Sattler heute auslässt?« Der weißgekleidete junge Mann sah mich fragend an. »Herr Sattler hat aus Enttäuschung über die ungerechte Behandlung durch die Oberschwester weder sein Frühstück noch sein Mittagessen angerührt und auch keinen einzigen Schluck getrunken«, fuhr ich fort.

Der Blick des Pflegers blieb verständnislos. Erst als ich ihn darauf hinwies, dass dies für einen Diabetiker, der seinen Blutzucker kontrollieren sollte, vielleicht nicht unproblematisch sein könnte, versprach er mir, die Stationsschwester zu informieren. Skeptisch darüber, dass dies tatsächlich geschehen würde, kehrte ich in mein Bett am Fenster zurück und beobachtete wieder Herrn Sattler, der weiterhin regungslos und stumm aus dem Fenster hinaus in die schneeweiße Landschaft starrte.

Bereits um halb drei servierte uns derselbe Pfleger Streuselkuchen zu koffeinfreiem Kaffee. Nachdem ich mein Gebäck sehr rasch gegessen hatte, fragte Herr Sattler, ob ich auch sein Stück essen wolle. Appetit darauf empfand ich schon, da ich mich zunehmend besser fühlte, aber ich lehnte sein Angebot aus schlechtem Gewissen dankend ab. Stattdessen bemühte ich mich, den jetzt sehr humorlosen Mann zur Aufgabe seines unnützen Hungerstreiks zu überreden. Er lehnte dies entschieden ab.

Um dennoch das Gespräch fortzusetzen, fragte ich, ob ihm in der Zukunft vielleicht mit einer Nierentransplantation zu helfen sei. Herr Sattler war jedoch, wie sich herausstellte, ein strikter Gegner von Organspenden. Weder wolle er ein fremdes Organ in seinem Körper dulden noch ein eigenes Organ spenden: »Wenn ich schon irgendwann sterben muss«, sagte er, »dann will ich auch richtig tot sein. Dann soll alles, was ich einst war, zu Asche verbrannt werden. Solange der Mensch nicht genau weiß, was ihn eigentlich ausmacht, solange man nicht weiß, woraus sich das Bewusstsein eines Menschen zusammensetzt, solange will ich mir nicht vorstellen, dass eines meiner Organe in einem anderen Menschen weiter existiert. Mein Körper ist schließlich das Einzige, was wirklich mir gehört, und deshalb will ich über ihn über mein Leben hinaus unbestraft und nach freiem Willen verfügen können. Er soll nicht ohne mich existieren,

nicht einmal in seinen Einzelteilen.« Ich konnte darauf nichts erwidern und so verstummte
das Gespräch.

Da dem Krankenhauskaffee das Koffein
fehlte, fielen mir nach dem Kuchen die Augen zu. Das letzte, was ich wahrnahm, war,
dass Herr Sattler versuchte, sich mit Hilfe des
Griffs, der an der Stange über seinem Bett
baumelte, aufzurichten. Dann schlief ich ein.

Als ich die Augen kurz vor 16 Uhr schlaf-
trunken wieder öffnete, blickte ich zuerst auf
das mittlere Bett. Herr Sattler lag rücklings
flach auf seiner Decke und regte sich wie immer nicht: Er schien ebenfalls eingeschlafen zu
sein. Ich schaute aus dem Fenster. Erneut hatte
ein leichter Schneefall eingesetzt, bei dem die
einzelnen Flocken leise, langsam, und ausgesprochen unaufgeregt dem Boden entgegen
schwebten und den schmutziggrauen Matsch,
der den Tag über entstanden war, auf's Neue
unter einer unschuldigem Decke aus Schnee
verbargen. Ich setzte mich auf die Bettkante,
um auf den Innenhof zwischen dem Betten-
trakt der Klinik und dem Schwesternwohn-
heim hinunter schauen zu können. Ab und
zu huschte ein dünn, aber passend in Weiß
gekleidetes Mädchen zwischen den Gebäuden

hin und her und hinterließ seine Spuren auf den geschwungenen Wegen, die sich durch die kahlen Blumenbeete und einen zugeschneiten Steingarten zogen.

Ich blickte zurück in das Zimmer. Herr Ramoni trug seine Kopfhörer und war in eine Revue zum Neujahrstag vertieft, die ihm der Fernseher bot. Herr Sattler lag noch genauso im Bett wie zuvor, sein Brustkorb schien sich kaum wahrnehmbar im gleichmäßigen Rhythmus seines Atmens zu heben und zu senken. Irgendetwas veranlasste mich, aufzustehen und an sein Bett zu treten. Seine Augen waren weit geöffnet, aber er sah mich nicht an: Sein Blick verlor sich irgendwo an der Zimmerdecke. In der halb heruasgezogenen Nachttischschublade lagen die Papiere mit seinen Gedichten, akribisch in kleinste Schnipsel zerrissen.

Ich sprach ihn an, doch er reagierte nicht. Ihn anzufassen, traute ich mich nicht. Aber ich erinnerte mich an den Vorfall in der vergangenen Nacht, fürchtete um sein Leben und klingelte deshalb nach dem Pfleger. Und da ich nichts weiter zu tun wusste, während ich auf ihn wartete, ging ich anschließend hinaus auf den Gang, wo ich direkt auf eine der Schwestern traf. Sie folgte mir auf Zimmer 206 und fühlte Herrn Sattler, der noch immer wie leblos im Bett lag, den Puls. Herr Ramoni, der ausnahmsweise keinen Besuch hatte, saß jetzt auf der Kante seines Bettes an der Tür und sah mit farblosem Gesicht dem hektischer werdenden Treiben im Raum zu.

Wie in der Nacht waren schnell eine zweite Schwester und bald auch der Oberarzt der Station zur Stelle. Die Maßnahmen, die sie ergriffen, waren ebenfalls dieselben – nur, dass dieses Mal alles noch viel schneller ging als in der Nacht. Neben dem Traubenzucker versuchte die Schwester, dem besinnungslosen Mann etwas Zuckerwasser einzuflößen, während der Oberarzt über den noch vorhandenen Zugang auf dem Handrücken eine Infusion mit Zuckerlösung anlegte. Der Blutdruck betrug 220 zu 264, der Blutzuckerwert lag bei nur noch 34. Und dieses Mal dauerte es mehr als eine halbe Stunde, bis Herr Sattler das Bewusstsein wiedererlangte. Ohne die nun zügig erfolgte Hilfe wäre er, so vermutete ich, wohl bis zum Abendessen tot gewesen. Sich eingemischt zu haben, schien mir richtig. Nach dem ersten Schreck über die Ernsthaftigkeit des Vorfalls war ich daher selbst zufrieden mit dem Gefühl, Herrn Sattler das Leben gerettet zu haben.

Die darauffolgende Nacht verlief ohne jeden Zwischenfall. Noch häufiger kontrollierte nun die Nachtschwester beiden Herren im Zimmer den Blutzucker und mich suchte ein grotesker Traum heim: Ich saß in einem kleinen Raum, einem Würfel, fast zwei Meter und achtundfünfzig Zentimeter zum Quadrat: 17,043 Kubikmeter. Hineingeschraubt waren sechs samtrote Sessel, angeordnet in zwei Reihen zu je drei Plätzen an gegenüberliegenden Wänden, zwischen ihnen ein Klapptisch von fast einem Meter Länge. Alle Sitze waren von Rastlosen besetzt. Die beiden Seitenwände gaben den Blick nach draußen frei: In der einen Wand befand sich ein schmales Fenster mit Doppelglasscheibe, in der anderen eine gläserne Schiebetür. Es war viel zu warm. Ich fuhr Zug.

Im letzten Moment hatte ich die allerletzte Bahn erwischt. Ich sprang auf den schon rollenden Waggon auf, nachdem er sich sanft in Bewegung gesetzt hatte. Die Türen schlossen sich direkt hinter mir. Nun raste der Zug auf den Gleisen dahin, die wie blanke Schwerter auf den hölzernen Schwellen lagen, bereit, jeden Moment in kleinste Fetzen zu schneiden. Wir hetzten an Häusern vorbei, an Straßen,

Bäumen, menschenleeren Feldern, in der Ferne ein Gebirge. Rechts und links zweigten in sanft geschwungenen Kurven Gleise ab, doch welche Strecke auch immer wir wählten, wir fuhren unbeirrt weiter geradeaus. Kein anderer Zug fuhr so schnell wie dieser und doch überholten wir keinen anderen, niemals war einer auch nur an unserer Seite, und nur ganz selten kam uns eine Lokomotive entgegen, was stets für einen Augenblick den Anschein einer Kollision erweckte.

Ich wollte den Zug anhalten, die Notbremse ziehen, aussteigen, die Weichen anders stellen, um eine andere Geschichte oder wenigstens andere Kleider anzuprobieren, doch ich war unabänderlich an den für mich reservierten Fensterplatz gefesselt. Draußen flogen gebratene Gänse, kandierte Äpfel und rotweiß geringelte Spazierstöcke durch die Luft. An einem Bahnsteig, den wir passierten, hingen nebeneinander zwei Uhren, die eine lief vorwärts, die andere rückwärts. Die Zeit dazwischen stand still. Jemand betrat das Abteil und fragte die neu Zugestiegenen nach den Fahrkarten: Es war die Nachtschwester, die mir eine weitere Infusion anlegte. Ich durchsuchte meine Taschen, fand aber nur meine Geburtsurkunde.

Die Schwester bewegte die Lippen, doch ich konnte nicht hören, was sie sagte.

Der Zug fuhr in einen Tunnel. Vor dem Fenster war es jetzt stockfinster bis auf die scheinbar endlos vorbeihuschenden Lichter der Notbeleuchtung. Meine Hände fühlten sich an wie zwei Ballons, auch meine Füße schwollen an. Alles an mir blähte sich auf und wurde runder, immer runder, bis mein Körper geräuschlos zerplatzte. In seiner zerfetzten Hülle saß ich als Kleinkind, nackt, inmitten eines Wurfes schwarzer Welpen, die rasch mit mir heranwuchsen und mich bald mit dunklen, hasserfüllten Augen und weißen, gefletschten Zähnen aus dem Rudel vertrieben.

Plötzlich erfasste mich die Gischt einer gewaltigen Blutwelle und spülte mich aus dem Waggon, durch kurvenreiche Röhren, die in einen riesigen See honigsüßen Urins mündeten, dessen Ufer am fernen Horizont nur zu erahnen waren. Mit größter Mühe rettete ich mich aus den klebrigen Fluten auf die Langerhanssche Insel. Der Palast auf der kleinen Anhöhe in der Mitte der Insel bestand aus verzuckerten Zellen in Würfelform, die das Sonnenlicht reflektierten. Weinend stieg ich hinauf, die herabtropfenden Tränen schmolzen Löcher in die gleißend weißen Stufen. Oben stand als Altar ein Bett aus Tausenden von Nägeln.

Als ich mich nackt niederlegte, waren die Nägel darauf so dicht angeordnet, dass sie in beinahe jeden Quadratzentimeter meines Körpers stachen. Nach und nach verschwand jede zweite Spitze im Boden und von den verbleibenden wiederum jede zweite und wiederum von diesen. Als die Anzahl der Nägel zu gering war, um das Gewicht meines blutleeren Körpers noch tragen zu können, bohrten sich die übrigen in die Haut, in das Fleisch, in die Organe. Die letzte Spitze durchstach mein Herz. Mir wurde dunkel. Die Kette der Notlichter riss ab, das Ende des Tunnels nahte. Als es ganz plötzlich sehr hell war, stand die Frühschicht im weißen Kittel im Raum und sagte, sie wolle Fieber, Blutdruck und Blutzucker messen.

V

Betrachtet man als aufmerksamer Patient die Betriebsabläufe in einem Kranken-haus, so erkennt man leicht, dass sie unter mangelnder Kommunikation leiden. Würden alle, die auf so einer Station liegen oder arbeiten, einander mehr zuhören und Gespräche miteinander führen, bis man sich gegenseitig verstanden hat, ließe sich einiges von dem vermeiden, was Enttäuschung und Leid verursacht. Leider hat das unterbezahlte Personal heutzutage keinen Spielraum dafür, denn Zeit ist Geld. Mehr Austausch könnte jedoch definitiv auch die Kosten senken, weil Material gespart, Behandlungen effektiver durchgeführt und Genesungsprozesse verkürzt werden könnten. Aber mich fragte in diesem Krankenhaus ja keiner.

Die Übergabe der Patienteninformationen an die Nachtschicht und bis zum Pflegepersonal, das sich heute früh im Einsatz befand, schien jedoch geklappt zu haben. Nachdem Herr Sattler wegen der Infusionen auch das Abendessen erschöpft schlafend hatte ausfallen lassen, erhielt er von der Oberschwester zusammen mit dem Frühstück die ernste Ermahnung, die genau berechnete Menge an Kohlehydraten und Flüssigkeit von nun an gewissenhaft zu sich zu nehmen, denn sie werde das kontrollieren. Ich bemühte mich, die Anweisungen an ihn zu verstehen, und verfolgte ebenfalls, ob sie eingehalten wurden. Die Menge an Flüssigkeit, die Herr Sattler zu sich nahm, versuchte ich zu schätzen. Um sie zu notieren, legte ich eine Datei auf meinem Tablet an. Tatsächlich räumte der Pfleger das von Herrn Sattler geleerte Tablett später nicht wie die anderen ab. Es befand sich noch immer auf dem Nachttischchen, als an diesem 2. Januar die ärztliche Visite auf Zimmer 206 stattfand.

Die Herren in den weißen Kitteln und die Stationsschwester blieben jedoch zuerst am Bett bei der Tür stehen. Herr Ramoni drängte auf seine Entlassung noch vor dem Wochenende. Es gehe ihm besser, er habe dringende Geschäfte zu erledigen, und er verstehe überhaupt nicht, warum man ihn hier weiterhin gegen seinen Willen festhalte. Der Chefarzt erklärte ihm nochmals seine Blutdruck- und EKG-Werte und lehnte jegliche Verantwortung für den Fall ab, dass Herr Ramoni die Klinik gegen ärztlichen Rat verlasse. Er solle sich das Wochenende über hier doch bitte noch schonen und man wolle dann am Montagmorgen erneut darüber beraten, ob man ihn guten Gewissens heim schicken könne. Frustriert gab der Alleinunterhalter daraufhin seinen Widerstand auf.

Bevor die Gruppe an das Bett von Herrn Sattler trat, warfen der Chefarzt, sein Assistent und die Schwester einen intensiven Blick in die Dokumentation in seiner Krankenakte. Sie deuteten mit dem Finger auf verschiedene Einträge, blätterten Seiten vor und zurück und besprachen sich so leise miteinander, dass ich ihre Worte am Fenster nicht hören konnte.

Das Ergebnis der kurzen Einvernahme teilte der medizinische Leiter der Station dem Patienten jedoch nicht nur persönlich, sondern auch für alle vernehmbar mit: »Mein lieber Herr Sattler, da haben sie uns ja gleich zweimal in sehr schwierige Situationen gebracht. Indem sie immer wieder die Anweisungen des Klinikpersonals missachten, gefährden sie ihre Gesundheit, für die wir uns mitverantwortlich fühlen. Wir haben uns daher dazu entschlossen, sie nicht länger selbstständig ihre Blutzuckerwerte kontrollieren lassen. Ab sofort übernimmt dies die Oberschwester. Sie wird von nun an auch ermitteln, wieviel Insulin jeweils gespritzt werden muss.« Herr

Sattler sackte augenblicklich in sich zusammen und erwiderte nichts.

Mit meinem Zustand hingegen waren die visitierenden Ärzte ganz zufrieden. Die Behandlung mit einem Breitspektrum-Antibiotikum, das mir mehrfach tagsüber und nachts mittels einer Infusion verabreicht wurde, schlug endlich an. Zwar kannte noch immer niemand die Ursache für das Fieber, das mich nun seit drei Wochen jeweils am frühen Abend befallen hatte, aber die Temperatur stieg inzwischen nicht mehr ganz bis auf 38 Grad und insgesamt fühlte ich mich auch nicht mehr so müde. Alles deute auf einen Entzündungsprozess im Körper hin, aber der Verdacht auf eine Lungenentzündung habe sich nicht bestätigt, sagte der Chefarzt, und auch sonst schien mir einfach nichts zum Fieber Passendes zu fehlen.

Noch vor hundert Jahren wäre man an solch einer unspezifischen Entzündung wohl binnen Wochen einfach verstorben, und genauso hatte ich mich auch gefühlt, als ich mich am Dienstag bei der Notaufnahme der Klinik gemeldet hatte. Sorge bereitete den Ärzten nur das Nebenergebnis aus der Sonographie – die Leber war als leicht verfettet erkannt und als Gründe dafür waren schnell mein Übergewicht und ein Mangel an Bewegung ausgemacht worden.

Auch der Cholesterinspiegel und der Blutzuckerwert lagen in kritischen Bereichen: Intolerant schwingt das Schicksal sein Diabetes-Schwert. Wegen all dieser Unwägbarkeiten legte man auch mir nahe, das bevorstehende Wochenende noch im Krankenhaus zu verbringen. Der Sicherheit halber sollte ich noch weitere Infusionen erhalten. Im Unterschied zu Herrn Ramoni nahm ich das zufrieden zur Kenntnis. Mir machte das noch nichts aus.

Wir drei verbrachten anschließend einen ausgesprochen ruhigen Freitag. Herrn Ramoni besuchte nur kurz Schwester Gustl, Herrn Sattler sehr häufig das Krankenhauspersonal. Die eifrigen Schwestern maßen Blutdruck und Blutzucker vor den Mahlzeiten, verabreichten ihm die jeweils notwendige Menge an Insulin und kontrollierten auch, was er gegessen und getrunken hatte. Ich notierte alles ebenfalls sorgfältig in meiner Datei.

Während des Mittagessens, das aus gedünstetem Fisch, Kartoffeln und Spinat bestand und mit Apfelkompott geschmacklich abgerundet wurde, erschien die Oberschwester außerhalb ihrer Routine auf unserem Zimmer.

Sie trat an das Nachtschränkchen heran, von dessen ausgeklapptem Tischlein Herr Sattler wie angeordnet sein Essen zu sich nahm, und öffnete die Schublade. Da sie mir den Rücken zuwandte, konnte ich die wenigen Sätze nicht hören, die sie dabei zu ihm sagte. Jedenfalls holte sie die Tasche aus schwarzem, genarbtem Leder heraus und öffnete sie. Die Schwester entnahm das kleine Insulin-Messgerät, mit dem sich Herr Sattler sonst mehrfach täglich in die Fingerkuppe stach, sowie die halbautomatische Insulinspritze, für die ihm die Schwestern stets das gekühlte Medikament ans Bett gebracht hatten. Die Ledertasche, die Herrn Sattler im Unterschied zu den Instrumenten persönlich gehörte, blieb klaffend leer auf der Ablage des Schränkchens liegen.

Herr Sattler war damit entmündigt, was die Kontrolle über seine Krankheit betraf. Würde man ihm wenigstens die Aufgabe belassen, den Blutzucker zu messen und sich das notwendige Insulin zu spritzen, dürfte und müsste er sich auch weiterhin selbst um das Wohlergehen seines Körpers bemühen. So aber lag er, von den üblichen Unterbrechungen abgesehen, weiterhin den ganzen Tag nahezu regungslos auf seinem Bett, starrte wahlweise an die Decke oder, auf der Seite liegend, an mir vorbei aus dem Fenster, wo am grauen Himmel wieder leichter Schneefall eingesetzt hatte. Sein Selbstvertrauen und sein Lebensmut passten zusammen in einen Fingerhut.

Am Wochenende steigerte sich die Frequenz der Besuche, die Herr Ramoni empfing, noch einmal deutlich. Teilweise warteten seine Gäste sogar auf dem Flur, bis in Zimmer 206 ein Platz für sie frei wurde. Der Alleinunterhalter unterhielt seine Besucher, so gut er es ohne Schminkzeug und Musik vermochte, und beschwerte sich bei mindestens fünfzehn Personen darüber, dass er noch den Samstag und den Sonntag hier verbringen musste. Tatsächlich wirkte er weder schwächlich noch krank, sondern steckte voller Tatendrang. Im Liegen würde er sein Leben nicht beschließen, das stand für ihn fest.

Ich las zwischen den Mahlzeiten meinen Roman aus, nicht ohne über die Buchseiten hinweg immer wieder Herrn Sattler zu beobachten: Er aß und trank normal, hielt sich an alles, was man ihm aufgetragen hatte, redete aber mit niemandem ein Wort. Meine Versuche, ihn auf die zerrissenen Gedichte in seiner Schublade anzusprechen, schlugen fehl.

Von seiner Lethargie einmal abgesehen, füg-
ten sich die beiden Tage harmonisch in die
üblichen Betriebsabläufe.

Wie immer um diese Jahreszeit war es
noch stockfinster, als am Montagmorgen das
Pflegeteam mit seinem Handwagen in unser
Zimmer einrückte. Während Herr Ramoni
sich hinter dem Vorhang wusch, bezog die
Schwesternschülerin sein Bett mit einem rei-
nen Laken. Die Oberschwester maß Herrn
Sattler die Temperatur sowie den Blutdruck
und sie kontrollierte auch seinen Blutzucker.
Sie trug den ermittelten Wert in die Krankenakte ein und berechnete dann das vor dem
Frühstück zu spritzende Insulin. Dazu nahm
sie das Medikament aus dem Kühlfach des
Handwagens und zog eine Spritze mit der benötigten Menge auf. Verabreichen durfte sie
die Schwesternschülerin, die inzwischen das
Bett gerichtet und darauf ein Temperatur-
messgerät bereitgelegt hatte.

Als Herr Ramoni sich umgezogen hatte,
setzte er sich auf die Kante seines Bettes, steckte sich das Thermometer in den Mund, und
maß dann seinerseits den Blutzucker. Noch
während die Schwester Herrn Sattler das Insulin spritzte, entleerte der Pfleger den Urinbeu-

tel, der am Bett hing, und notierte die Flüssigkeitsmenge in die Akte.

Nun war ich damit an der Reihe, mich hinter dem Vorhang zu waschen und umzuziehen. Auf dem Weg zum Waschbecken sagte mir die Oberschwester, dass ich nach dem Frühstück entlassen werde. So habe es der Chefarzt schon am Freitag für den Fall angeordnet, dass es mir weiterhin besser gehe. Jürgen Ramoni lächelte still, weil er für sich dasselbe erhoffte.

Noch bevor das Frühstück eintraf, kleidete ich mich an. Als ich mein Bettschränkchen ausräumte und meine Habseligkeiten in die mitgebrachte Tasche packte, betrat ein in ungewohntes Hellblau gekleideter Pfleger das Zimmer. Er stellte sich uns als Wolfgang Imsch von der Dialysestation vor und fragte, wer von uns dreien Bernhard Sattler sei. Da ihm niemand antwortete und weil auch der, der eigentlich etwas hätte sagen sollen, schwieg, zeigte ich stumm mit dem Finger auf das mittlere Bett.

Der Krankenpfleger musterte Herrn Sattler, der wie zuletzt immer regungslos auf dem Rücken lag und an die Decke starrte, als sei er bewegungsunfähig, drehte sich um und ging wieder hinaus. Als das Frühstück vorüber war, kehrte er mit einem Rollstuhl und in Begleitung des Pflegers von der Frühschicht zurück. Sie stellten das Gefährt neben das Bett von Herr Sattler, arretierten die Bremsen, und hoben den großgewachsenen Mann mit gekonnten Handgriffen hinein. »Na also, besser geht's doch gar nicht«, sagte Wolfgang Imsch, der Pfleger. »Und nun ab mit uns nach unten, tiefer geht's dann nimmer!« Im untersten Stockwerk der Klinik sollte Herr Sattler endlich an die Geräte angeschlossen werden, die zur Entlastung seiner inneren Organe, auf deren Besitz er so viel wert legte, das Blut reinigen würden. Ich wünschte ihm alles Gute, als ihn die Pfleger mit dem Rollstuhl auf den Gang schoben.

Nachdem ich meine Entlassungspapiere erhalten hatte, verabschiedete ich mich auch von Herrn Ramoni und wollte gerade ebenfalls aus Zimmer 206 verschwinden, als mir die Oberschwester in der Tür entgegenkam. »Aus ihrer Entlassung wird heute leider nichts«, sagte sie zu Herrn Ramoni. »Sie werden es noch ein paar Tage bei uns aushalten müssen.« Ich drängte mich ungeduldig an ihr vorbei, auf den Flur, in den Fahrstuhl, am Empfang vorbei nach draußen.

Die Luft war bitterkalt, die Nacht hindurch hatte es stark geschneit. Häuser, Straßen, Bäume, das ganze Leben: Alles war von einem Tag auf den anderen von einer Zuckerschicht überzogen, die das Licht des Sonnenaufgangs in allen Farben reflektierte. Der Winter hatte gerade erst begonnen. Sicher würde es noch sehr lang dauern, bis die ersten Krokusse zu sehen sind, dachte ich.

Doch als sich an diesem späten Montagmorgen die automatischen Türen der Klinik hinter mir schlossen, hatte ich noch kaum eine Ahnung von dem, was mich erwartete. Viele der Wege, auf denen ich nicht als erster meine Spuren hinterließ, waren noch gar nicht geräumt.

Zu diesem Buch

Kurz vor dem Jahreswechsel liefert sich der Ich-Erzähler selbst in ein Krankenhaus ein. Dort lernt er Bernhard Sattler, Jürgen Ramoni und vor allem sich selbst kennen. Die Krankheit, an der alle drei leiden, wird sein Leben verändern. Sie ist zugleich eine der größten Herausforderungen für nachfolgende Generationen.

Zum Autor

Achim Schnitz ist 1962 im Ruhrgebiet geboren, arbeitete lange im Westfälischen und lebt heute in Baden-Württemberg. Gelesen hat er schon mit fünf Jahren und seit er in den siebziger Jahren eine Brother Deluxe geschenkt bekam, hat ihn auch das Schreiben nicht mehr losgelassen. Die lebenslange Liebe zur Literatur verdankt er seinem Deutschlehrer am Gymnasium. Doch erst im Studium der Germanistik erhielt diese Leidenschaft ein Fundament. Geprägt durch deutsche Dichtung von Abrogans bis Zeh, legt er mit ›Unter Zucker‹ nun eine eigene Erzählung vor.